MW00744036

Pour ceux, près de moi, qui gardent l'enfance au cœur.
J.S.

Un grand merci à Stéphane Cabarrot et à Benjamin Lacombe.
D.C.

© Éditions du Sorbier, 2007
Dépôt légal : septembre 2007
ISBN : 978-2-7320-3888-9
Loi 49-956 du 16 juillet 1949
sur les publications destinées à la jeunesse
Imprimé en France

Jocelyne Sauvard
Daniela Cytryn

Aïssata et Tatihou

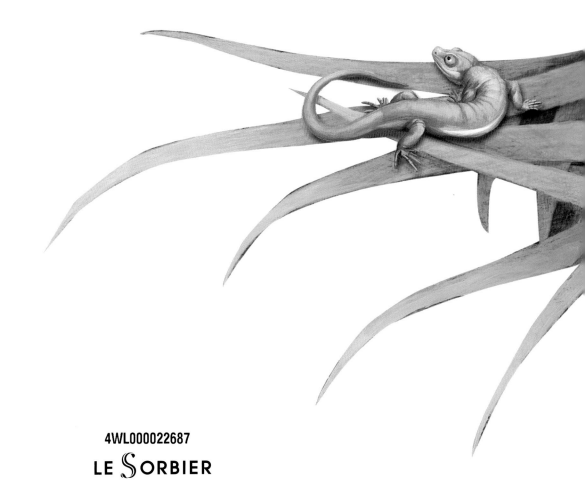

4WL000022687

LE SORBIER

Ce matin-là, tout était calme. Le soleil
faisait briller les hautes herbes,
les palmes se balançaient, la chaleur
était très forte. Un oiseau perché
dans le frangipanier faisait entendre
trois notes à intervalles réguliers.
Trois notes comme ça : « Koukourou…
koukourou… »

Aïssata avait déjà préparé son ardoise
et sa craie. Elle les avait enroulées
dans un chiffon et avait croisé le chiffon
sur son dos comme un sac à dos.
Comme tous les matins, Aïssata allait
marcher une heure sur la piste étroite
et, tout d'un coup, l'école apparaîtrait.
Elle y retrouverait Émilie, Jeannette,
Kikou et madame Aminata.
Deux ans déjà qu'Aïssata allait à l'école.
Elle commençait à savoir beaucoup
de choses.

Soudain, il n'y a plus eu de « koukourou ». Rien qu'un grand silence. Aïssata s'est arrêtée.

À ses pieds, un petit lézard jaune se faufilait entre les herbes.

Elle s'est accroupie pour le regarder. Le lézard s'est arrêté aussi.

Les yeux comme deux perles vertes.

Aïssata avait vu bien des lézards mais jamais avec des yeux verts !

Il devait venir de très loin.

– Tu n'es pas d'ici, a dit Aïssata, étranger, hein ?

Le lézard a remué légèrement la tête. Aïssata l'a pris doucement dans sa paume.

Les deux perles vertes dardées droit sur elle brillaient d'amitié.

Elle l'a mis dans sa poche. Elle l'appellerait Tatihou. Elle a répété

son nom plusieurs fois : « Tatihou, Tatihou… » Et le petit lézard

se tenait calme dans sa poche, comme s'il appréciait d'être appelé ainsi.

L'oiseau koukourou se taisait toujours. Mais Aïssata s'est remise en route.

Madame Aminata n'aimait pas qu'on soit en retard.

Une histoire de koukourou qui ne chantait plus ne l'empêcherait pas de faire

un trait au tableau. Au bout de trois traits, on n'avait pas d'image à la fin du mois.

Et Aïssata aimait beaucoup les images. Elle en avait déjà sept.

Soudain, une grande clameur
s'est élevée dans le ciel blanc.
Il y a eu un crépitement. Aïssata
s'est retournée. Loin derrière, des hommes
en kaki armés de mitrailleuses
et de machettes couraient en criant.
Une fumée épaisse montait du village.
Les flammes claquaient, les armes aussi.
Aïssata a senti ses jambes trembler.
Son cœur sautait dans sa poitrine.
La guerre. On en parlait sous le frangipanier
le soir. Maintenant elle était là.
La guerre, ce sont des hommes en kaki
qui hurlent, des armes qui claquent,
des flammes qui crépitent, des gens
qui crient. Après il y a du sang,
de la fumée, des morts et beaucoup,
beaucoup de larmes.
Aïssata tremblait si fort qu'elle ne pouvait
plus marcher. Alors, sans savoir comment,
elle s'est laissée tomber dans les grandes
herbes sur le bord de la piste.
Et elle a commencé à pleurer. Elle voulait
voir maman. Et tante Julie. Et son petit frère.
Son père, elle ne pouvait pas y penser,
il y avait bien longtemps qu'il avait disparu.
Un jour, il n'était pas revenu.
Aïssata a cessé de pleurer et a commencé
à marcher en direction de son village.

Quelque chose en elle se refusait à rester sur la piste. Aïssata a donc marché
au milieu des herbes effilées. Elles étaient hautes et lui éraflaient les bras
et les jambes. Mais Aïssata était à couvert.
Son ventre, alourdi par la peur, lui faisait mal. Le bruit et la fumée se rapprochaient.
Elle s'est mise à courir. Quand elle s'est trouvée à cent mètres de son village, elle a
vu que le feu s'étendait partout. Il avait atteint les palmiers et les maisons brûlaient.

Aïssata ne voyait plus les hommes en kaki, mais les cris, elle les entendait.

Voix de femmes, pleurs de bébés.

Elle a accéléré.

Dans sa poche, elle sentait Tatihou, le petit lézard jaune, qui s'accrochait au tissu.

Et malgré sa frayeur, elle aimait bien sentir la forme rugueuse. Le lézard était confiant.

Tout bas, Aïssata appelait : « Maman ! »

Tout à coup, un garçon à peine plus grand qu'elle a débouché d'un fouillis d'herbes. Vêtu de kaki comme les soldats. Armé d'une machette. Il criait en tendant la lame à bout de bras.

C'était un enfant-soldat.

Il était arrivé sans bruit. Aïssata a fait un écart. Elle avait entendu parler des enfants-soldats. Sans foi ni loi, c'est ce qu'on disait. Enrôlés de force, formés pour faire la guerre, comme les hommes en kaki.

Pas de pitié, pas de quartier. Ainsi ils évitaient la faim.

Aïssata s'est laissée tomber, les yeux écarquillés, la bouche sèche.

Pour la deuxième fois, ses jambes avaient plié sous elle.

Le garçon la toisait.

C'est alors qu'un autre garçon en kaki est sorti du fourré. Plus petit que le premier, un mètre trente tout au plus. Juste comme Aïssata.

Mais sa figure était si maigre et son regard si sombre qu'il semblait vieux.

Il a regardé Aïssata.

– Laisse tomber, c'est ma cousine, elle est comme nous !

C'est ce qu'il a dit. Bien sûr, Aïssata n'était pas comme lui.

Elle n'était pas sa cousine. Elle ne l'avait même jamais vu.

– Je m'en fous ! a répliqué le grand, tu sais bien ce que le chef a dit…

Le plus petit ne l'a pas laissé finir :

– Laisse, j'te donnerai ma ceinture !

Alors le grand a fait oui de la tête et est parti vers la fumée et les cris.

Le garçon d'un mètre trente a encore parlé :

– Ne retourne pas au village, il n'y a plus rien. Je m'appelle Pierre, mais on m'appelle Pip.

– Je veux voir maman, a dit Aïssata, mais Pip a secoué la tête.

– Il ne reste rien. Juste le couvent au nord. Traverse la brousse, cours tout droit et tout au bout de la piste tu vas le trouver.

– C'est où le nord ?

Pip a mouillé son doigt et a montré :

– Le nord, c'est où le vent souffle.

Mais le vent ne soufflait pas. L'air était lourd, il sentait la fumée.

– Ça ne fait rien, a dit Pip, le nord, c'est là-bas, après les champs de coton.

Aïssata a dit très vite :

– J'ai un lézard, il s'appelle Tatihou !

Pip a hoché la tête et elle a couru tout droit dans la direction qu'il avait indiquée.

Aïssata courait, s'arrêtant parfois
pour mouiller son doigt, mais
il n'y avait toujours pas de vent. Seulement
on sentait moins la fumée, ça voulait dire
qu'elle allait bien dans la direction prévue.
Quand la chaleur a commencé à diminuer
un peu, la lisière blanche des champs
de coton s'est dessinée.
Aïssata a fait encore quelques pas.
Ses pieds étaient écorchés, son estomac vide
et Tatihou avait faim.
Les champs de coton avaient triste allure.
Les tiges étaient écrasées, seules quelques
fleurs blanches résistaient. Aïssata sentait
le découragement l'envahir ainsi que la soif.
Elle a léché les larmes qui glissaient
sur ses joues, mais elles étaient salées.

Ça devait être le nord car elle a bientôt vu
les murs du couvent se dresser.

ne Jeep était garée devant. Aïssata est entrée. La cour était déserte, emplie seulement de bruit. Cela venait de la chapelle.
Peut-être que maman était dedans ? Et tante Julie ? Et le petit frère ?

Aïssata avait de plus en plus soif et ses lèvres étaient craquelées.
Une petite fontaine se cachait dans l'ombre du mur. Elle a bu dans sa main.
Tandis qu'elle se penchait pour boire encore, elle a reconnu sœur Marie-Rose
qui se précipitait vers la chapelle avec des hommes en kaki.

Il y a eu des cris, un crépitement, le silence. Aïssata a senti un goût âcre dans sa
bouche et son cœur s'est mis à battre très fort. Dans sa poche, Tatihou a sursauté.
La religieuse et les hommes sont ressortis. Ils ont sauté dans la Jeep.
Aïssata a entendu le moteur. Puis encore le silence. Quelque chose a empêché ses
jambes de marcher vers la chapelle. Quelque chose en elle l'a obligée à se glisser
hors du couvent. À marcher, droit devant.

Quand la lune s'est mise à briller dans le ciel, elle a remarqué un trou d'eau entouré de palmiers. Elle a fait halte. L'eau était douce. C'était une eau qui vous faisait oublier les ampoules, les chagrins, la fatigue et la soif. Des noix de coco étaient tombées. Elle en a fracassé une contre la pierre. La chair était parfumée. Le lait, frais. Elle a mis une lamelle de noix de coco dans sa poche pour Tatihou. Et elle s'est endormie d'un coup. Sans avoir eu le temps d'avoir peur de la nuit, des bêtes, des bruits. Des hommes en kaki. De la guerre. Au matin elle a continué à avancer tout droit. Elle voulait marcher jusqu'à ce qu'elle rencontre de la vie, des gens. Elle a marché très longtemps. Enfin, serrées comme les petites maisons d'un village, des tentes formaient un campement. Avec des banderoles ornées de croix rouges sur leurs toits.

**A**ïssata a franchi la barrière.

Des femmes, des enfants, des hommes se pressaient autour des tentes.

Ils étaient maigres et la lumière manquait dans leurs yeux.

D'autres hommes et d'autres femmes en blouse blanche couraient, affairés.

L'un d'eux s'est approché d'Aïssata :

– Mais d'où tu viens, toi ? Et comment tu t'appelles ?

Aïssata était trop fatiguée pour répondre, elle a montré l'horizon derrière elle.

– Oh, oh ! montre-moi tes pieds, a repris le docteur, il faut nettoyer ça tout de suite !

Il a fait entrer Aïssata sous une grande tente blanche et l'a déposée doucement sur la table d'auscultation. Il a écouté son cœur avec son stéthoscope et a passé doucement une compresse sur ses pieds :

– Ça ne pique pas, a-t-il dit.

Puis il a pressé un coton imbibé de rouge sur les égratignures et il a sifflé :

– Super, les pieds rouges, c'est la mode !

Et Aïssata a ri malgré sa tristesse. Elle a sorti Tatihou de sa poche.

– Mon lézard n'aime pas la noix de coco !

Le docteur l'a examiné :

– Deux moucherons pour son casse-croûte, et ça ira tout seul !

Il a tendu à Aïssata une boîte de pastilles vide pour le lézard et un drap pour elle.

– Tu vas dormir dans la tente des enfants. Plus tard, on cherchera ta famille.

Une dame en blanc a donné un bol de manioc à Aïssata, puis elle l'a prise par la main et emmenée dans la tente des enfants. Douze enfants dormaient sur douze lits de toile. La dame en blanc en a installé un treizième.

– Mets ton drap dessus et ta petite boîte. C'est ta place. Tu es chez toi ici maintenant.

Le lendemain, quand Aïssata
s'est éveillée, Tatihou faisait
des allers-retours dans la boîte de pastilles.
Il a posé sur elle l'éclat de ses perles vertes
et s'est absorbé dans la dégustation
d'un moucheron. Il semblait joyeux,
Aïssata se sentait mieux.
Elle est allée de tente en tente demander
aux gens s'ils avaient vu maman, tante Julie
et son petit frère. Mais personne ne savait rien.
Alors elle a demandé des nouvelles de Pip.
Les gens ont ouvert de grands yeux et dit
qu'un enfant-soldat ne pouvait être quelqu'un
dont on se souciait, qu'il appartenait
forcément à ceux qui faisaient la guerre.
Les ennemis.
Mais Aïssata a fait non.
– Il m'a sauvé la vie, il est gentil ! elle a dit.
Alors les gens ont été bien attrapés. Et puis
ils se sont mis à réfléchir et à hocher la tête :
– Après tout, c'est un enfant, ils ont dit.
Et avec un enfant, tout est possible.

Tatihou était en fait une lézarde,
elle a eu cinq beaux bébés.